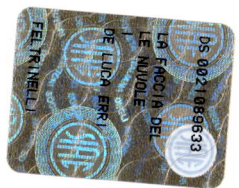

Erri De Luca è nato a Napoli nel 1950. Ha pubblicato con Feltrinelli: *Non ora, non qui* (1989), *Una nuvola come tappeto* (1991), *Aceto, arcobaleno* (1992), *In alto a sinistra* (1994), *Alzaia* (1997, 2004), *Tu, mio* (1998), *Tre cavalli* (1999), *Montedidio* (2001), *Il contrario di uno* (2003), *Mestieri all'aria aperta. Pastori e pescatori nell'Antico e nel Nuovo Testamento* (con Gennaro Matino; 2004), *Solo andata. Righe che vanno troppo spesso a capo* (2005), *In nome della madre* (2006), *Almeno 5* (con Gennaro Matino; 2008), *Il giorno prima della felicità* (2009), *Il peso della farfalla* (2009), *E disse* (2011), *I pesci non chiudono gli occhi* (2011), *Il torto del soldato* (2012), *La doppia vita dei numeri* (2012), *Ti sembra il Caso?* (con Paolo Sassone-Corsi; 2013), *Storia di Irene* (2013), *La musica provata* (2014; il libro nella collana "I Narratori", nella collana "Varia" il dvd del film), *La parola contraria* (2015), *Il più e il meno* (2015), il cd *La musica insieme* (2015; con Stefano Di Battista e Nicky Nicolai), *Sulla traccia di Nives* (2015), *La faccia delle nuvole* (2016), *La Natura Esposta* (2016), *Morso di luna nuova. Racconto per voci in tre stanze* (2017) e, nella serie digitale Zoom, *Aiuto* (2011), *Il turno di notte lo fanno le stelle* (2012) e *Il pannello* (2012). Per i "Classici" dell'Universale Economica ha tradotto l'*Esodo*, *Giona*, il *Kohèlet*, il *Libro di Rut*, la *Vita di Sansone*, la *Vita di Noè* ed *Ester*. Sempre per Feltrinelli ha tradotto e curato *L'ultimo capitolo inedito de La famiglia Mushkat. La stazione di Bakhmatch* di Isaac B. Singer e Israel J. Singer (2013).

ERRI DE LUCA
**La faccia
delle nuvole**

© Giangiacomo Feltrinelli Editore Milano
Prima edizione ne "I Narratori" marzo 2016
Prima edizione nell'"Universale Economica" agosto 2017

Stampa Grafiche Busti - VR

ISBN 978-88-07-88989-9

www.feltrinellieditore.it
Libri in uscita, interviste, reading,
commenti e percorsi di lettura.
Aggiornamenti quotidiani

La faccia delle nuvole

Premessa

Giuseppe di Betlemme era un ebreo di buona famiglia. Tra i suoi antenati contava Davide, Salomone e altri illustri. In ebraico Giuseppe è Iosèf, dal verbo iasàf, aggiungere. È un nome inventato da Rachele, sposa di Giacobbe/Iaakòv. Rachele non rimaneva incinta, e quando infine le riuscì, chiamò quel primogenito Iosèf, "colui che aggiunge". I nomi ebraici contenevano destini. Quel figlio aggiunto fu isolato e patì schiavitù in Egitto, venduto dai fratelli.

A Iosèf/Giuseppe, sposo di Miriàm/Maria, il nome comportò un altro esilio. Era un meridionale, di Betlemme in Giudea, Sud di Israele. Era emigrato a nord, in Galilea, al confine con il Libano. Era un carpentiere, manodopera specializzata e richiesta. Si era fatto una posizione, si stava accasando a Nazaret con una splendida ragazza locale, Miriàm.

Ecco che il cielo gli precipita sulla testa, la

fidanzata è incinta prima del matrimonio e non di lui. Prova durissima per un uomo, nessuno può giudicarla se non ci si è trovato. Un uomo: di che età? Matteo e Luca, i due evangelisti che narrano i precedenti della nascita di Ièshu/Gesù, non dicono che era vecchio. Dunque è possibilmente giovane, bello e innamorato assai. Perciò Iosèf crede a Miriàm, crede che lei sia incinta di un annuncio, anche se piombato in carne e ossa nella sua stanza in pieno giorno e accolto senza un grido di spavento. Iosèf crede all'inverosimile notizia perché ama Miriàm. Credere in amore non è cedere, ma accrescere, aggiungere manciate di fiducia ardente.

È inverno e Iosèf, colui che aggiunge, aggiunge la sua fede seconda a quella incandescente della sua fidanzata trasformata. È inverno in Galilea, ma tra loro due è solstizio d'estate, il giorno di più lunga luce.

Intorno a lui s'infittisce l'esilio del paese che condannerebbe a morte la ragazza adultera e obbligherebbe lui al lancio della prima pietra. Il loro figlio un giorno dirà: "Chi è senza errore tiri la prima pietra". L'ha imparato in famiglia. Iosèf non l'ha tirata. Quel ragazzo regge l'urto della legge e della maldicenza, sposa Miriàm incinta non di lui. Non si era mai sentita una simile enormità nella storia sacra di Israele. Iosèf, colui che aggiunge, accetta di essere lo sposo secondo di sua moglie. E dopo la nascita del figlio onora di nuovo il suo nome aggiungendosi come padre secondo di quel figlio strano. Lo iscrive nell'anagrafe a suo nome. Ièshu sta nella preziosa discendenza messianica che passa per Davide, perché Iosèf è di quella famiglia. E poi insegna al figlio il suo mestiere, la carpenteria, chiodi, martello e legno.

Quando Ièshu si troverà issato sul patibolo romano, starà tra i rumori e gli odori di bottega. La resina del trave si seccherà in cristalli insieme al sangue.

Attraverso Iosèf la storia si è potuta compiere. Poi lui si toglie dalla ribalta, assunto a protettore dei falegnami, uno dei tanti mestieri, uno dei tanti santi in calendario.

La sua biografia sfuma nell'ombra larga del figlio.

Succede ai padri umili di creature grandiose.

Stanza della capanna

IOSÈF Possibile? Già tutto fatto e non ho sentito niente? Iosèf: le sillabe del mio nome in bocca a lei mi scuotono ogni volta, mi afferrano dai poveri pensieri sulle cose da fare e mi portano nel cerchio della felicità. La sua voce è il vento per le mie orecchie foglie, insieme fanno per me il suono più lieto del mondo.

MIRIÀM Entra, Iosèf.

IOSÈF È già nato? Fuori della capanna ho sentito appena la sua voce sommessa dire qualcosa, forse una preghiera, ma nessun lamento e neppure un piccolo pianto del bambino. Possibile? In questa avventura nostra succede puntuale l'impossibile. Adesso entro, sì, ma col timore di guastare la loro intimità. Tra loro due sono un estraneo, di volta in volta ammesso. La paternità non fa proprio per me. Ora lo vedo e mi tremano le gambe.

NARRATORE Iosèf era del Sud, della Giudea, Miriàm del Nord, di Galilea. Erano belli e rari tutti e due, dote di fortuna da indossare con discrezione, senza orgoglio di possesso. La bellezza è un dono che si conserva a lungo se tenuto dentro la custodia del pudore. Così diffonde intorno l'allegria, non il risentimento.

Iosèf era un ragazzo in gamba, di buona volontà per il lavoro. Quando la sua Miriàm era rimasta incinta, prima delle nozze e non di lui, si trattava di adulterio flagrante, a lui spettava il primo sasso.

IOSÈF Sfiorare io Miriàm, colpirla io? Guastare il più perfetto dei capolavori? Piuttosto mi affogo nel Lago Kinneret con una pietra al collo. Adultera Miriàm? Ve la do io l'adultera, confermo e riconfermo le mie nozze, e guai a chi la sfiora col sospetto.

NARRATORE Così salvò l'onore di Miriàm e la sua vita, insieme all'altra appena in germe. Scandalo per il mondo e inaudito prima, lo insultavano in faccia, gli sputavano dietro. Lui ribadì le nozze, come si fa col chiodo, mazza e punta. Le aveva creduto, per fede e per amore: sotto pressione arrivano a essere la stessa cosa.

MIRIÀM Questo adesso è tuo figlio.

IOSÈF È lui, il maschio promesso dall'inizio. E io devo riuscire a essere suo padre. Andrò a iscriverlo a mio nome. Ièshu ben Iosèf ben Iaakòv, che è mio padre. Secondo l'anno degli invasori della nostra terra, siamo nel 754 dalla fondazione di Roma. Per noi ebrei è il 3760 dall'inizio del mondo. Magari è anche più vecchio di così, il mondo che ci viaggia sotto i piedi e sulla testa, ma almeno raccontiamo il tempo da un attimo di origine uguale per tutte le creature.

NARRATORE Scostò la rozza tavola d'ingresso e mise piede all'alba dentro la capanna. Iosèf ricevette in viso uno strano calore. Non veniva dal fiato delle bestie ma da terra, dov'era accartocciata la placenta. Un odore di resina e di pane saliva lento e tiepido.

IOSÈF È tutto sua madre.

MIRIÀM Ti assomiglia, Iosèf. Senza di te, di noi niente sarebbe stato. Ti assomiglia come un frutto all'albero.

IOSÈF Che parole accorate di saggezza sai dire, Miriàm. Dall'ora in cui le nostre vite sono state voltate sottosopra tu parli con potenza di cuore e di pensiero. Stracarica di grazia sei, una sorgente che spande la sua dote.

MIRIÀM Lascia stare, guarda piuttosto quanto ti assomiglia.

IOSÈF Non voglio contraddirti Miriàm, però per me lui è il ritratto tuo sputato. Adesso faccio un po' di ordine qui dentro. Tra poco ti porto del latte promesso da un pastore venuto a curiosare questa notte. Appena munto me lo consegna. È stagione di agnelli, le fattrici hanno le mammelle gonfie.

NARRATORE Quando nasce un marmocchio i parenti vanno in cerca di rassomiglianze. Meglio sarebbe scorgere la sua unicità che rinnova di sana pianta il mondo. Meglio vederlo affrancato da qualunque precedente. Nel suo caso il volto mandava un'energia che sbalordiva e faceva l'effetto, in chi guardava, di vederci quello che desiderava, che stava aspettando. Succedeva la stessa cosa pure alla manna nel deserto. Fu identica per quarant'anni, eppure aveva il prodigio di assumere il gusto desiderato e atteso da chi l'assaggiava. E allora? Significa ch'era manna il volto del bambino? Sì, era manna, pane dei cieli, come scrive il salmo. E lo sapeva. Secondo la scrittura di Giovanni (6,35), lo ammise: "Io sono il pane". E l'odore di forno, di cottura dentro la capanna, Iosèf glielo avrebbe ricordato a ogni festa.

IOSÈF Profumavi di pane senza lievito. Miriàm, va bene dire che mi somiglia, ma a chi altro somiglia secondo te?

NARRATORE Lei avrebbe voluto dire: al messaggero. Strano: Iosèf non gliel'aveva chiesto: che faccia aveva quello? In un punto perduto della sua coscienza, Iosèf era geloso. Miriàm lo comprendeva e proteggeva la sua debolezza.

MIRIÀM Somiglia ai primi due, Havà (Eva) e Adàm. Come ogni neonato della terra, pure se figlio unico, ha per fratelli e sorelle i suoi coetanei. Somiglia ai neonati di ogni e qualunque stirpe in vita sulla faccia del mondo. Dopo di questo potrà somigliare a chi si vuole.

IOSÈF Alle volte Miriàm, non ti riconosco. Mi dico, ma è lei la ragazza che ho conosciuto al pozzo dove vendevo i miei secchi di legno? Mi trovo alle volte spaesato dalle tue parole, come uno sprovveduto ammesso alla tavola di una regina. Tu sei illuminata in cuore come re Salomone. Alle mie stupide domande aggiungi le risposte che mi colmano il fiato. Ti amo col timore di perderti e con il sentimento di farti sprecare il tuo valore accanto a me.

MIRIÀM Non conosco le frasi dell'amore scritte dai poeti, perciò non posso fare paragoni. Però so che per me non possono esistere frasi d'amore perfette come le tue, Iosèf.

IOSÈF Miriàm, io sono nato qua, tra le colline della Giudea, che danno grano, olio e uva. Sono di questa regione meridionale, ho in bocca la parlata del Sud che qui riascolto. E proprio qui parlando il mio dialetto, so di essere straniero. Proprio qua ieri mi sono sentito rispondere: "Ccà nun ce sta cchiù posto pe' vuie. In mezzo a noi siete 'nu furastiero". Miriàm, non si può essere più stranieri di così, respinti e sconosciuti dal proprio luogo di origine. Sono contento che il figlio è nato qua, ma gli sto dando già l'eredità di profugo. Questa capanna è tutta la patria che ho trovato.

MIRIÀM Ma no, Iosèf mio, il posto è perfetto, pure asciutto. Hai passato una brutta nottata, là fuori al freddo e da solo, ma ora stiamo insieme: lascia stare i pensieri storti, oggi siamo noi tre, tutta la patria che ci serve. Questa capanna è meglio di un palazzo.

NARRATORE Si affacciò alla capanna un primo pastore, chiese permesso. Come gli altri del posto, parlava meridionale.

IOSÈF Favorite.

PRIMO PASTORE Signo', avite fatto 'nu capolavoro! Che bella criatura! Cu' rispetto parlanno, pare 'o rre nuosto, Davide in persona, per quanto è aggraziato. Era 'o rre cchiù bello 'e tutti quanti. Favorite, questa ricotta fresca appena fatta, ne facite salute e vi consolate d'a fatica.

SECONDO PASTORE Don Iosè, v'aggio purtato 'na sporta 'e legna bona, olivo stagionato, fa calore buono. Riverisco e portate i miei saluti alla signora vostra. No, non entro, nun traso a disturbare, ci vedo pure poco, sapete, faccio tutto con le mani, vedo con quelle. Che dice la signora vostra? Che lo posso toccare? Troppo onore, ringrazio, facíteme sentì. Che 'mpressione, me pare 'o ppane d'a festa, la pelle è un filo d'olio, sotto è 'na mullica.

MIRIÀM Che dite? Quale pane? È carne mia, così mi confondete.

SECONDO PASTORE Scusate signo' la mia ignoranza, nun me saccio sta' zitto, mi dispiace, bacio le mani a don Iosè, torno domani con un'altra sporta di legna.

TERZO PASTORE Sia fatta la volontà del cielo in terra! Che visione, voi mi salvate gli occhi! Tengo una parpetola scurruta [*Iosèf traduce a Miriàm: ho una palpebra che lacrima*]. Sì, tengo una parpetola scurruta da diverso tempo e appena entrato qua da voi, alla vista del nennillo, si è asciuttata. Vedete? La parpetola nun scorre. Benedico! Mo' che lo vedo bene me pare 'o ritratto di re Salomone, 'o rre cchiù buono 'e core 'e tutt'o munno. [*Miriàm copre con il panno il volto del bambino.*]

QUARTO PASTORE Permettete mastro Iosè, chisto è latte 'e Carmelina, la capra più migliore assai di tutte le montagne d'a Giudea. Ve l'ho spremuto positivamente all'alba stamattina, è uscito caldo, càvero, comme lo figlio vostro da dentro alla nutrice. Accettatelo e datelo alla madre. Lo posso vedere, me lo fate vedere? Grazie assai, pure con gli occhi chiusi si capisce che è d'e pparte nostre, è meridionale. Ha pigliato dal profeta Elia, tene 'a faccia ispirata 'e chillu santo, è isso ch'è turnato.

NARRATORE Accettavano i doni ma poi si facevano belle risate, Iosèf e Miriàm, a proposito delle rassomiglianze.

MIRIÀM Ma com'è possibile? Rassomiglia a Davide? Che era tutto rosso di pelo e di capelli come la brace del fabbro?

IOSÈF E a Salomone che parlava come una fontana e non si stava zitto un momento manco per uno sputo? Questo nostro ancora deve mettere fuori la sua voce. E a Elia che teneva un mento sgangherato e le orecchie a sventola?
Troppa grazia, è solo una piccola vita appena spuntata al mondo. Se vorrà il cielo farà il mestiere mio, sarà un buon falegname. Di profeti ne abbiamo avuti assai, da noi stiamo scarsi a manodopera qualificata, bravi artigiani.

QUARTO PASTORE Certamente, arraggiunate giusto, però 'o nennillo m'impressiona, tiene in faccia il rosso dell'aurora e il bianco delle mura di Gerusalemme.

IOSÈF Miriàm, sono arrivati tre signori, con tanto di cammelli, servitori e doni. Chiedono di vedere il bambino. Mi piace poco questa storia, anzi mi puzza.

MIRIÀM Falli entrare Iosèf, non puoi tenerli fuori.

IOSÈF Non mi fido dei ricchi, dei potenti. Hanno sempre un secondo pensiero, un altro scopo. Che ci vengono a fare, a visitare la nostra povertà?

MIRIÀM Che ti hanno detto?

IOSÈF Che hanno letto negli astri la nascita di Ièshu. Saranno pure degli scienziati delle stelle, ma tu sai che per la nostra legge è roba da ciarlatani. La volontà divina sta sì nei cieli, ma non sta scritta nelle stelle, sta ben impressa sulle tavole del Sinai. Che devo fare?

MIRIÀM La cortesia vuole che tu li faccia entrare. Vengono da un viaggio e meritano accoglienza, sono pellegrini pure loro.

IOSÈF Sta bene Miriàm, li faccio entrare, però uno alla volta.

PRIMO Pace alla dimora. Sì, è lui, il calcolo del gradiente indica il verso in cui lo avremmo trovato, con i piedi a sud. Ci siamo attardati, cercavamo un palazzo, abbiamo rifatto i conti, ma era un nostro pregiudizio cercare una dimora regale. I re possono nascere in capanne. Ho portato per lui dell'incenso, purissima resina d'Arabia, ma mi accorgo che il vostro luogo è profumato già, e di un'essenza che non conosco. Meglio così, vi lascio il dono, a rivenderlo vi renderà bene.

SECONDO Eccomi giunto a voi, maestà neonata, da un lungo viaggio mi presento a voi vestito di bei panni mentre voi giacete su una stuoia in una capanna. Imparo la lezione: le vie in cielo stanno sottosopra rispetto a quelle in terra. L'oro che porto in dono ha bisogno di luce per brillare, ma qui da voi c'è così tanta luce da stringere gli occhi e far sbiadire l'oro. Qui sgorga una fontana della luce. Devo fare ritorno, ma vorrei trattenermi fino a notte per vederla brillare e ricacciare il buio nei suoi confini.

TERZO Porto mirra per ungere le membra, meglio avrei fatto a portare lana e pelli. Lo so che non capite la mia lingua, ugualmente vi dico da questo capolinea del mio viaggio: qui vedo il tempo che si spezza in due, tra un prima e un dopo. Sono presente all'ora in cui succede la frattura, ora nitida in cielo e ricoperta di segreto in terra. Sul cerchio della meridiana l'ora zero del tempo è senza ombra. Io solo posso rispondere oggi alla più solita domanda: in che ora siamo? All'ora che non c'è mai stata prima.

PASTORE Mastro Iosèf currite, presto, facite ampressa, 'o rre manda i surdati a accidere 'e ccriature. Stanno passando in tutte le case di Betlemme e campagna, le madri nascondono i figli nei pozzi. Currite a nascondere pure 'o figlio vuosto.

IOSÈF [*agitato*] Miriàm, dobbiamo partire.

MIRIÀM [*calma*] Succede qualcosa?

IOSÈF All'anima di qualcosa! Succede il peggio, Erode manda a scannare i bambini di Betlemme, sta cercando il nostro. Me lo sentivo che erano pericolosi, quei tre signori venuti l'altro giorno. Si erano messi in testa che a Betlemme doveva nascere chissachì. Avranno fatto chiacchiere su di noi, Erode avrà capito male [*intanto raccoglie bagagli*].

MIRIÀM Ammazza i bambini? Crede di essere Faraone che annegava i bambini nostri nel Nilo? Dove andiamo?

IOSÈF In Egitto, là staremo al sicuro.

MIRIÀM Ripetiamo la storia, Iosèf? Di nuovo in esilio in Egitto?

IOSÈF Non abbiamo scelta.

MIRIÀM Non possiamo partire prima di averlo circonciso.

IOSÈF Miriàm, qui è in gioco la sua vita, stanno ammazzando i bambini per trovare lui. Stanno togliendo di mezzo una generazione! La circoncisione la faremo in Egitto, ci sono comunità nostre laggiù.

MIRIÀM No, Iosèf, Ièshu appartiene a questa terra, e poi va fatta entro due giorni la circoncisione, dopodomani scadono gli otto. Ièshu dev'essere circonciso in Israele. Chi ha provveduto finora continuerà a farlo.

IOSÈF Conosco la tua fede, Miriàm, ma è pure scritto che non bisogna tentare la divinità, metterla continuamente alla prova.

MIRIÀM Faremo così, Iosèf, se sei d'accordo. Ci cercano qui e di sicuro già ci sono i posti di blocco ai punti di passaggio per l'Egitto. Mi segui?

IOSÈF Sì, Miriàm; ti seguo, come sempre, ma non avevo pensato ai posti di blocco.

MIRIÀM Perciò andiamo dove mai si aspettano di trovarci.

IOSÈF Dove?

MIRIÀM A casa loro, a Gerusalemme.

IOSÈF Uh mammamia Miriàm! Diritto in bocca al lupo l'agnellino! È una pazzia, non c'è nessuna festa di pellegrinaggio, non ci potremo confondere con nessuna folla e carovana.

MIRIÀM Ci penso io, Iosèf. Parlo galileo, con l'accento del Nord ci prenderanno per due profughi.

IOSÈF E il bambino?

MIRIÀM Lo rimetto nella pancia. Non ti sbalordire, me lo fascio stretto addosso, sarà come fossi ancora incinta. Al primo posto di blocco mi metto a urlare e vedrai che ci fanno passare.

IOSÈF Ma come fai a pensare tutte queste mosse? Tu sei meglio di Giosuè, il generale che ha conquistato la terra promessa. Tu sei la prua della nostra barca, tu tagli il mare in due davanti a te.

MIRIÀM Ma tu stai al timone, Iosèf, tu sei l'uomo che conduce in salvo. Senza di te saremmo perduti.

IOSÈF Come vuoi tu, Miriàm. Rieccoci in viaggio, rotta su Gerusalemme, come la prua comanda.

Stanza in Gerusalemme

IOSÈF Che hai Miriàm, sei triste?

MIRIÀM Più che triste, avvilita. Hanno ammazzato i bimbi per cercare il nostro, hanno versato il più innocente sangue. Che possa ricadere su di loro il fuoco delle nuvole. Questo nostro bambino inizia la sua vita da scampato alla strage. Si porta dietro uno strascico di sangue e il grido di dolore delle madri. Quanto dovrà fare per ripagare il loro strazio? Quanta misura di risarcimento dovrà versare in cambio? Sono avvilita, Iosèf mio, mentre noi due proteggiamo la sua vita con tutte le forze, si carica su di lui una responsabilità schiacciante. Verrà a sapere da che storia viene, sarà disperato e niente, nessun sacrificio gli sembrerà abbastanza.

IOSÈF È giusto il tuo sgomento, Miriàm, lo condivido. Ma per una volta voglio essere io a soccorrerti. Non è sprecato il sangue dei neonati al posto suo, non sarà invano il grido delle madri. Le energie che sono state annegate nel sangue si ritroveranno in nostro figlio Ièshu. Come quelle dei neonati affogati nel Nilo si ritrovarono in Mosè, così queste vite neonate si concentreranno nel corpo dello scampato. Guardalo Miriàm il tuo capolavoro, come ha detto il pastore, quello della ricotta fresca, guarda l'energia che trabocca dai suoi occhi seri, dalle sue mani che ci hanno così unito. Non va perduta nessuna goccia di dolore: si trasforma in forza, in entusiasmo, in slancio verso il mondo. Guarda a chi davvero rassomiglia: a tutti loro, a tutti i bambini che in lui si raccolgono. Non è debito il sangue che accompagna la sua nascita, è vita che in lui si ritroverà moltiplicata e lieta di risorgere. Miriàm, coraggio, solleva il figlio al cielo di Gerusalemme, diciamo alle nuvole in viaggio: grazie di averlo portato. Adesso siamo noi a portarlo. Lui è la nostra bandiera e noi le mani che lo piantano sopra l'altura della città di Davide.

NARRATORE Miriàm si lanciò in un abbraccio, quasi lo buttò a terra.

IOSÈF È andata proprio come hai detto tu. A ogni posto di blocco ci hanno fatto passare senza perquisizione. Tu hai gridato che stavi per partorire e i soldati si sono aperti in due. Tremavo che il bambino ci tradisse mettendosi a piangere. Macché, neanche un lamento. Poveri noi Miriàm, ha pochi giorni e già le guardie lo cercano. È il più piccolo latitante della storia. E pare che lo sappia, di essere un clandestino.

MIRIÀM Ai posti di blocco sentivo sulla pancia il suo cuore battere tranquillo, il suo respiro silenzioso e senza affanno. È lui che apre in due gli sbarramenti, è lui che mi dà forza di fingere, gridare. Appena dentro le mura di Gerusalemme si è messo a cantare. Sicuro! Non ci potevo credere, pensavo che si stava lamentando per la fascia stretta, invece canticchiava a labbra chiuse.

IOSÈF Non me l'hai detto! È una meraviglia di bambino questo nostro. Finalmente ho trovato una buona sistemazione, da uno che conosco, giocavamo insieme da bambini, prima del mio trasferimento a Nazaret. Ha una bella locanda. E noi abbiamo un bel gruzzolo, grazie alla vendita dei doni di quei tre signori. Strani ma generosi, ho venduto l'incenso a

Betlemme, ma abbiamo ancora oro e mirra. Ci sistemiamo là e domani andiamo al tempio per la circoncisione. Hai avuto la migliore idea, Miriàm, di venire qui a Gerusalemme sotto il naso del tiranno.

MIRIÀM Ma dopo che lo abbiamo circonciso e iscritto nel registro dobbiamo ripartire. Sono lenti, ma verranno a controllare anche qui l'elenco delle nascite. Intanto avranno tolto i posti di blocco alla frontiera con l'Egitto.

IOSÈF Allora andiamo lì?

MIRIÀM Come avevi giustamente pensato tu fin dall'inizio.

IOSÈF E già! Pensavo che era il posto giusto.

MIRIÀM Lo è, Iosèf, staremo lì finché non passa la persecuzione.

IOSÈF Miriàm, di che pasta è fatto questo figlio? Non ha fatto neanche una smorfia di dolore quando il mohèl col coltello di selce ha fatto il taglio del prepuzio. E hai sentito che ha detto, dopo la circoncisione? Che il sangue profumava di un fiore sconosciuto. Siccome so che è anche profumiere, gli si può ben credere. Che dici?

MIRIÀM Non ci badare, Iosèf, i genitori prima vogliono vedere nei figli tutte le somiglianze del passato, poi dicono eccezionali le piccole novità che sempre esistono in ogni vita nuova. Il mohèl è furbo, ha un repertorio di complimenti al bambino per farsi dare la mancia dai genitori. Non ci badare, quello approfitta della nostra indole ebrea di voler vedere miracoli e prodigi tutt'intorno.

IOSÈF Giusto, Miriàm, sono un ingenuo, mi bevo tutto quello che mi dicono. Però tu stavi fuori mentre io lo tenevo in braccio durante l'operazione e ti assicuro che non gli è uscito neanche un lamentino. E ha succhiato con gusto le due gocce di vino che si danno al bambino dopo il taglio. Mi guardava con gli occhi sorridenti che mi prendono in giro e mi fanno arrossire.

MIRIÀM Non sta bene, Iosèf, sei suo padre e non devi arrossire davanti a lui, se no come potrai sgridarlo quando serve?

IOSÈF Sgridarlo? No Miriàm, non ne sarò capace. Dovrai farlo tu, se necessario. Io gli farò vedere il mestiere, gli insegnerò a usare le mani, ma per le maniere dovrai pensarci tu.

MIRIÀM Sei ancora un benedetto ragazzo, Iosèf mio, ti amo per questo. Resta così, non crescere mai, almeno tu, che lui non potremo fermarlo, trattenerlo.

NARRATORE Dopo la circoncisione, all'uscita dal tempio incontrano Simone, un vecchio signore che si faceva scrupolo di dare il benvenuto nella comunità dei maschi d'Israele a ogni nuovo bambino dopo il rito.

SIMONE Barukh habà, benvenuto nell'assemblea dei figli d'Israele e buona sorte a voi due che avete rinnovato la stirpe del Dio Unico. Di chi è figlio? [*chiese secondo l'usanza di conoscere il nome del padre. Iosèf arrossì e rispose:*]

IOSÈF È iscritto nel registro come Ièshu ben Iosèf ben Iaakòv del ceppo di Giuda.

SIMONE Dunque del ramo di re Davide [*disse chiedendo di poter tenere in braccio il loro figlio. Miriàm assentì. Si usava che un anziano benedicesse dopo il rito*].

IOSÈF Eccolo, fate piano, sanguina ancora.

[*Appena l'ebbe tra le braccia Simone sussultò, che quasi gli cadeva. Iosèf già era scattato con le mani avanti per afferrarlo al volo. Il vecchio si riebbe e trattenne il bambino con improvviso vigore.*]

SIMONE Riconosco in lui il traguardo di molti appuntamenti. Riconosco la forma di germoglio di un'attesa finita. Il mandorlo deve perdere le foglie prima dello spuntare del batuffolo verde in pieno inverno.

[*Simone si commosse. Attraverso le lacrime, che non sono un velo ma gocce per vedere nel futuro, sollevò il bambino verso il cielo e disse: "Grazie". Miriàm fece il gesto istintivo e opposto di prenderlo dalle braccia alzate dell'anziano e riportarlo a terra tra le sue.*]

MIRIÀM Non è ora. E me lo raffreddate.

NARRATORE Il primo si chiamava Iosèf, Giuseppe, e andò in Egitto da schiavo, venduto dai fratelli. L'emigrazione è una scelta forzata, nel suo caso neanche ci fu scelta, ma deportazione. Fece carriera come interprete di sogni, divenne primo ministro, secondo solo al re, lì detto Faraone. Dietro di lui seguì il resto della famiglia, come succede a chi apre una pista. E fu così che i dodici figli di Giacobbe/Israele diventarono popolo fecondo tra le piene del Nilo.

Lavorarono in edilizia, costruirono piramidi, strani edifici senza finestre e tetto. Durò quattrocento anni la residenza, restando se stessi, non assimilati agli Egiziani.

Poi le circostanze descritte nel libro detto Esodo da noi e Shmot da loro, li spinsero a estirparsi dalla terra del fiume e a sperimentare il suolo opposto, nel deserto. Uscirono lasciandosi alle spalle dieci castighi e un annegamento di truppe egiziane sotto un'onda di piena del Mar Rosso. Erano più di un milione e mezzo e lasciarono il paese privo di manodopera. L'architettura a piramide fu abbandonata.

Questa premessa serve a dar valore al viaggio di un altro Iosèf, Giuseppe, in Egitto, molto tempo dopo. Anche a lui toccarono in sorte i sogni. In uno fu avvertito di partire subito perché il re del suo paese, imbizzarrito da una profezia, mandava a scannare neonati, in cerca proprio di quello nato a sua moglie Miriàm. Agì perciò con decisa prontezza di giovane emigrante, pochi bagagli ben legati e via, la notte stessa.

Il suo viaggio di capofamiglia e la permanenza all'estero occupa solo due versi del libro di Matteo, unico a riferire della mattanza di Erode e del loro esilio.

L'episodio è noto come Fuga in Egitto. Il verbo greco usato da Matteo nella scrittura sacra è "anakhorèo", che è invece ritirarsi. L'anacoreta, il monaco solitario, è chi si ritira in disparte. Iosèf guida la sua minima famiglia in un pellegrinaggio di salvezza. È una lunga marcia, più di quella affrontata poco prima da Nazaret a Betlemme, per ordine del censimento imposto dai Romani, con la sposa incinta al nono mese.

Iosèf qui è uno stratega che esegue una ritirata ben studiata, non una scomposta fuga. Batte di notte piste segnate dai quadranti in cielo.

Sarà arrivato al posto di frontiera e avrà chiesto il permesso di soggiorno. Provo a ricostruire il disbrigo delle formalità.

DOGANIERE Come vi chiamate e da dove venite?

IOSÈF Mi chiamo Iosèf, vengo da Israele.

DOGANIERE Rieccolo. Un altro Iosèf: a volte ritornano.

ALTRO DOGANIERE Altro giro, altra corsa, si ricomincia.

DOGANIERE Qual è il motivo del vostro viaggio?

IOSÈF Richiesta di asilo politico.

DOGANIERE Cosa vi minaccia, che pericolo vi costringe?

IOSÈF Il re del mio paese si è messo a uccidere neonati.

DOGANIERE Ebbene? Se dovessimo accogliere tutte le famiglie con bambini in pericolo, si svuoterebbe il mondo e sprofonderebbe l'Egitto sotto il peso.

IOSÈF Ma il re vuole uccidere proprio il mio bambino, una profezia gli ha fatto credere che sia lui il destinato a spodestarlo.

DOGANIERE Allora il fatto non è politico,

è un caso di follia. Sentite Iosèf, se vi concedo il soggiorno sulla base della storia che mi state dicendo, l'Egitto intero riderà di me. Ho accolto alla frontiera il più giovane latitante del mondo, un neonato. Ci faranno gli spettacoli nelle piazze. Spiacente non posso concedervi il visto d'ingresso.

NARRATORE Dev'essersi svolto un dialogo simile al posto di frontiera. Noi sappiamo però che Iosèf e i suoi vennero ammessi. Allora la conversazione dev'essere proseguita nel modo seguente.
Mentre Iosèf spiegava il suo caso, una guardia controllava i suoi bagagli. Da un fagotto uscirono strumenti di lavoro.

DOGANIERE Un momento, Iosèf, voi siete un artigiano?

IOSÈF A servirvi, eseguo ogni lavoro di falegnameria.

DOGANIERE Potevate dirlo subito, invece di questa storia del neonato ricercato dalla polizia. L'Egitto ha bisogno di manodopera qualificata. Siete il benvenuto, ecco il vostro visto.

NARRATORE Erano tempi in cui un paese favoriva i flussi migratori di forza lavoro, che aumentavano la produzione e la prosperità. A quel tempo non esistevano pregiudizi razziali e discriminazioni sul colore della pelle. Erano accolti anche i sospetti visi pallidi e i biondi.

Così fu che Iosèf con Miriàm e Ièshu abitò in Egitto per tutto il tempo che visse Erode. Rientrarono alla notizia della successione, forse in seguito all'amnistia che segue l'insediamento di un nuovo regnante. Il più giovane latitante del mondo tornava nella sua terra di origine, mischiato a una folla di profughi.

Forse in qualche ora della sua vita breve provò nostalgia per l'infanzia sul Nilo. Forse per questo in Galilea strinse amicizia con i pescatori del Lago di Tiberiade e li volle con sé quando si trattò di gettare le sue parole al mondo col gesto ampio con cui si gettano le reti. E tirarselo dietro, il mondo, a strascico.

In poco tempo troppi avvenimenti, Iosèf era confuso specialmente dalla baraonda delle rassomiglianze. Per lui la faccia del bambino era quella di Miriàm riflessa dentro l'acqua. Lei aveva detto che Ièshu somigliava a lui, ma questo era impossibile. Lo aveva detto per consolazione, per non tenerlo escluso. Ma poi perché impossibile? In questa storia succedevano cose inverosimili, poteva pure darsi che

Ièshu assomigliasse a lui. Ma tutti gli altri, dai pastori in poi? Si erano sbizzarriti con le più assurde parentele.

MIRIÀM Non ti tormentare con le impressioni degli altri. Come se non la conoscessimo questa nostra gente. Hanno la fissazione di guardare oltre il presente. Sono affascinati dal futuro, ci scommettono come alla lotteria. Discutono di sogni con la stessa foga con cui trattano il prezzo delle merci. Vedono segni, numeri, presagi dappertutto. E poi: quanto gli piace dire a voce alta qualche solennità. Prendono un verso sacro del passato, lo spolverano un poco e dicono: ci siamo, si sta avverando questo, si manifesta quello. E sulle facce dei bambini tirano a far pronostici. Lascia perdere le rassomiglianze, Iosèf. Quando sarà cresciuto ne avrà una sua e definitiva. Per ora è normale che sia un concentrato di molti lineamenti possibili.

IOSÈF Benedetta Miriàm, tu mi spieghi le cose dritte e giuste e io devo darti ragione cento volte. Ma pure se capisco di sgomentarmi a vuoto per le chiacchiere delle rassomiglianze, non me le posso togliere di mente.

NARRATORE E così fu, a Nazaret non la smettevano di guardare in faccia il bambino per vedere a chi poteva somigliare, visto che di Iosèf non era. E lui rassomigliava a tutti e perciò continuava la controversia senza fine. E capitò la volta che Iosèf perse la pazienza. Fu a Gerusalemme, ci andarono per il pellegrinaggio di Pasqua, Ièshu aveva dodici anni.

IOSÈF Ce l'eravamo perso e lo ritroviamo in mezzo all'assemblea dei maestri che lo stanno ascoltando a bocca aperta. Lui diceva cose che noi non capivamo da dove le aveva prese. E quelli a litigare tra di loro per dire che in lui c'era voce di quel tale sapiente o di quell'altro delle generazioni passate. Mi passò tutta la soggezione verso di loro e mi misi a strillare che non era vero niente, che lui era soltanto il figlio nostro e nessuno dei loro sapientoni morti e seppelliti.

MIRIÀM Facesti bene, ma ricordati che eravamo spaventati per averlo smarrito in mezzo alla confusione pasquale di Gerusalemme. Andammo al tempio per denunciare la sua scomparsa e ci prese un colpo di gioia a rivederlo. Eravamo scossi e quelli volevano tenerselo, chi gli faceva una domanda, chi gli chiedeva un parere sulla legge, gli stavano addosso e ce lo stavano consumando. Facesti bene a alzare la voce.

IOSÈF Alle rassomiglianze con i morti mi sono arrabbiato. Basta con le rassomiglianze, dove andiamo a finire? All'impossibile? Non voglio più sentire nessuno che dice a chi somiglia. Se no gli metto un cartello al collo: "Non somiglio a nessuno".

MIRIÀM Non sia mai! Che dici Iosèf? Satàn l'accusatore, lui non somiglia a nessuno e si trasforma in chiunque per portare scompiglio.

IOSÈF Dicevo per dire, mi spiace Miriàm, non voglio più sentire che somiglia a qualcuno. Basta con questa favola, nostro figlio non ha la faccia delle nuvole che cambiano forma e profilo secondo il vento.

MIRIÀM E noi, Iosèf? A chi rassomigliamo?

IOSÈF La tua pelle somiglia al legno di faggio piallato, fitto di nei come le tue braccia. La tua fronte è la luna d'estate che illumina in terra e schiarisce il buio. La tua mano...

MIRIÀM Fermati amore mio, non ti ho chiesto un poema. Con tutte le rassomiglianze attribuite a Ièshu, nessuno che dice a chi rassomigliamo noi. Come si spiega?

IOSÈF Credo perché non siamo due persone separate, ma una coppia. Noi possiamo somigliare solo a altri due, che so, Ḥavà e Adam, la prima coppia.

MIRIÀM Oppure somigliamo a due fiocchi di neve, di questi che coprono Gerusalemme. Perché è bianca la neve, non azzurra come il mare o grigia come la cenere?

IOSÈF Non lo so, forse perché deve risplendere di notte, fare il verso alle stelle.

MIRIÀM È una specie di sabato, la terra si riposa, nessuno la lavora. Noi siamo la neve, Iosèf, che ne dici? Noi ricopriamo Ièshu fino al tempo assegnato.

IOSÈF Sì, sì Miriàm, eccoci qua, ci presentiamo al mondo, noi due siamo la neve, le due sillabe della parola shèghel.

NARRATORE Di Pasque ne hanno avute trentadue insieme al figlio Ièshu. Spuntato in mezzo a loro da un travaglio di stelle, cadevano a coriandoli la notte che è nato.

Sta iscritto nel registro di Davide, nel ceppo del messia, Ièshu, perché Iosèf discende da quel ramo. Lei è Miriàm, nome della sorella di Mosè, che per prima cantò la libertà in faccia al deserto, dalla riva raggiunta a piede asciutto, nel mare aperto in due.

Trentadue Pasque con il figlio, lei a cucinare agnello e far bollire uova un giorno intero, il pane messo al forno senza lievito, le erbe amare e l'impasto dolciastro del haròset. Mentre Iosèf legge l'aggadà, la storia dell'uscita dall'Egitto, versando per tre volte il vino nei bicchieri.

Pèsah, Pasqua in ebraico, la migliore festa, il popolo s'avvia a Gerusalemme cantando i salmi, quindici, detti delle salite. Loro tre no, restano in Galilea, a Nazaret, in casa, lontano dall'altura profanata dall'aquila romana, dalla faccia di Giove appiccicata sopra il tempio benedetto.

Trentadue Pasque insieme al figlio adesso adulto, adesso vuol essere chiamato ben Adàm, figlio dell'uomo, un nome che dispiace a loro due perché un po' li rinnega. Lui spiega che si deve risalire a quella prima paternità per convincere alla fraternità. La specie umana è fatta di fratelli. È perciò bravo assai nell'aggiustare i guasti di natura, risanare ciechi, storpi, lebbrosi, indemoniati. Come riusciva? Non in casa, di certo, l'ha imparato: Iosèf in dote gli ha potuto dare solo l'arte del legno. Lui dice che guarisce con la fraternità. Non è mossa dall'alto verso il basso, discendente a pioggia. È corrente tra due esseri umani, scambio orizzontale di fiducia e affetto tra gli sconosciuti. In quel punto d'incontro avviene l'energia della fraternità. È una corrente elettrica che unisce, perciò le sue guarigioni, i miracoli avevano bisogno di essere innescati da una scintilla di fede. Chi si avvicinava commosso, era pronto per il beneficio. Senza una premessa di entusiasmo, non circolava corrente tra lui e un altro. Non dipende dal cielo, ma dai sorrisi in terra.

"Trentadue Pasque, lamed bet, e allora?" Iosèf scuote la testa. "Nun ce pensa', Miriàm, so' coincidenze, significano niente. Il nostro è forte, ha uno scudo di muscoli dietro la schiena e davanti ha il suo tempo migliore. Non guastarti la festa, sposa mia. Avremo, 'Im irtzè hashem', se vorrà il Nome, di buone Pasque ancora trentadue."

Lo sai che trentadue vuol dire pure Lev

"Cuore", khavód "gloria" e iahid "unico", il figlio? Lo sa, Miriàm lo sa, come sa che trentadue vuol dire pure "pianto", bekhì. Di Pasque insieme ancora trentadue? Miriàm dentro il suo corpo sa di no. Ma stasera è ancora festa a Nazaret in casa coi tre bicchieri della tradizione, di vino buono da vuotare insieme. "Stasera siamo qui dentro l'esilio, l'anno venturo dentro le mura di Gerusalemme. Stasera siamo oppressi, l'anno venturo figli di libertà." Iosèf pronuncia la formula del rito. Miriàm dentro di sé la ascolta recitata alla rovescia. "Stasera siamo a Nazaret col figlio in libertà, l'anno venturo a Gerusalemme col figlio in prigionia." La profezia si pianta nel suo grembo, come fece al momento dell'annuncio.

"Che c'è Miriàm, che piangi, sposa mia? Stiamo invecchiando, vero? La gioia ci dà alla testa più del vino?"

"Sì, Iosèf, è così," lo rassicura lei e non si azzarda a girarsi dalla parte del figlio che sorride: "Amen". Amen lo dice a lei, a mamma sua, Miriàm che adesso sa: non ci sarà la Pasqua trentatré.

E un giorno lui stesso volle sapere e chiese ai suoi: "Chi dite che io sia?". Simone detto Pietro gli rispose: "Tu sei il Cristo, il figlio del Dio vivente".

Cristo viene dal greco, che Simone detto Pietro non usò. Vuol dire unto, in una cerimonia d'investitura di un re o di un sacerdote. Simone lo pronunciò convinto e aggiunse: figlio del Dio vivente. È formula impiegata dal profeta Osea (2,1) e indica in quel passo l'intero popolo d'Israele. E in Giosuè "El hai!", Dio vivente, è quando scende in campo di battaglia a fianco d'Israele. Simone detto Pietro qui riassume i due passaggi: in Ièshu il popolo d'Israele è contenuto intero, lui è la sua stazione prenotata. In più è figlio del Dio vivente, inteso secondo Giosuè, figlio di colui che irrompe nella storia e la determina.

La risposta di Simone detto Pietro alla domanda: "Chi dite che io sia?" è una sentenza che non lascia appello. Da quella voce in poi, Ièshu è legato al seguito di quello.

Simone detto Pietro crede in lui. Ma in questo passo scritto in tre vangeli, il solito Giovanni escluso, succede che Ièshu è tenuto a credere a Simone. Credere a causa di forza maggiore, alla definizione assegnata come un compito. In ogni vita esiste giorno e ora che impone a una persona di essere per gli altri quello che loro credono e intravedono. Succede ai santi, ai banditi, ai pazzi, ai vagabondi, arriva a segno una parola altrui che assegna il ruolo. Fino a un minuto prima poteva ancora scrollarselo di dosso.

Aveva chiesto ai suoi non per un dubbio, ma per ascoltare il tono della voce, per un bisogno di profezia altrui. Quella di Simone detto Pietro pescatore aveva il guizzo di chi cattura il pesce nella rete. Eccolo chiuso dentro le maglie strette di una definizione. Nessuno gliela ripeterà, non ci sarà bisogno.

Per coincidenza infallibile e rara, i cristiani seguenti avrebbero scelto per simbolo di Ièshu appunto un pesce.

La faccia delle nuvole è il destino di chi viene scambiato per qualcun altro. Essere frainteso: faceva guarire e allora accorrevano ai suoi passi, ma non era quella la sua specialità. Un'insegna all'esterno, sulla strada, non è il negozio. Un nome non è la persona che lo porta. Una rassomiglianza non fa l'appartenenza.

Semplicemente lui non apparteneva al mondo. Esistono bambini che alla recita di scuola si rifiutano di cantare, scalatori che non fanno conoscere le loro avventure. Così esistono energie che non vogliono potenze, non ambiscono a rovesciare troni e tirannie, involucri di fasto che cadono da soli alla distanza. Esistono energie che trasformano dall'interno una persona una, sì, una per volta, per contagio. Una candela può accenderne solamente un'altra, una per volta.

Gerusalemme era in fermento per la Pasqua. I Romani che l'occupavano richiamavano truppe durante il pellegrinaggio proveniente da ogni parte. Pasqua è festa maggiore, celebra libertà, l'uscita dall'Egitto delle schiere d'Israele a schiena dritta. Festa di libertà, bene perduto sotto il sandalo di Roma e per maggiore oltraggio lo scandalo dei loro idoli piazzati nel tempio del Dio Unico.

Ogni anno la Pasqua in Gerusalemme era una pentola sul fuoco, pronta a rovesciarsi. Quell'anno anche di più. Ièshu si era fatto un nome, da lui ci si poteva aspettare la mossa decisiva. Riscatto, redenzione, il popolo al suo segno avrebbe scatenato l'attacco all'invasore.

Era entrato in città a dorso dell'asina bianca, la cavalcatura dei re. La folla si apriva in due al passaggio e invocava da lui una parola, un ordine. Mai era stata così fraintesa la sua voce, così malinteso il suo profilo.

I Romani presidiavano incroci e strade principali, a spade sguainate, pronti a reagire, ma pure stracarichi di terrore. La loro micidiale forza in campo aperto, superiore a tutti, si trovava circondata nella città gremita. E peggio ancora: non spettava a loro l'iniziativa. Dovevano subire l'eventuale primo attacco. Per Pasqua avevano rimosso la faccia di Giove dal tempio, una prudenza facile da scambiare per timore.

Ièshu entrò e fece una mossa che infiammò la folla: andò a buttare all'aria merci e commerci al tempio. Durante le feste religiose diventava una bolgia di mercanti, strillavano prodotti e aumentavano i prezzi. Passò tra loro con gesti di tempesta, fuggirono salvando quasi niente dalla furia di popolo che l'accompagnava. I Romani rimasero inchiodati. Non avevano titolo per intervenire in una questione interna degli ebrei. A prima vista non li riguardava, però era stata una dimostrazione di forza e decisione impressionante oltre che imprevista. La mossa era perfetta per chi volesse incoraggiare a più importanti azioni.

Ma lui aveva voluto dare esempio di tutt'altro. Le cose sacre non sono mercato, non si va al tempio a esibire il proprio potere d'acquisto. In quel recinto sacro si deve praticare la più stretta uguaglianza tra padroni e servi, padri e figli, ebrei e forestieri. La sua mossa purificava l'atrio e permetteva libero accesso a tutti. Via i mercanti dal tempio: il popolo fraintese, i ricchi non si fecero vedere. Ma lui voleva spianare la via alla divinità, non al potere. Aveva restituito il tempio al suo servizio. Certo, nell'irruenza della folla erano andate perse e rovinate un po' di suppellettili romane, qualche labaro, qualche vessillo, danni marginali, alle cose non alle persone.

Dentro quei giorni di Gerusalemme ogni mossa provocava onda e rimbombo. Si era sparsa la voce che al tempio era cominciata la rivolta. L'attesa per la sua mossa seguente era più grande. Aveva raggiunto il punto estremo, la distanza massima del suo equivoco in terra. Era diventato la miccia di un'insurrezione, una delle tante già accadute. Reagì con la più esplicita rinuncia. Si ritirò coi suoi, lasciò sfebbrare l'ora che ha bisogno di uno e solo uno che l'accenda. Celebrò Pasqua, spiegò, raccomandò, previde: prendeva congedo. I suoi non lo capirono. Ancora meno intesero il suo gesto di chinarsi per lavare i loro piedi: servivano al cammino da fare dopo di lui e senza. Si dimetteva dalla loro attesa, era arrivato il giorno.

Sulla cima del Golgota

IOSÈF E adesso, amica mia, che lo perdiamo, mi darei i pugni in testa per non aver capito. Da quando è nato non hanno smesso di vedere in lui quello che pareva a loro. Lo hanno spinto fino all'impossibile con le loro traveggole. E io non li prendevo sul serio. Lasciavo correre, ma sì, cerchino pure nei suoi tratti i segni di quel tale o di quell'altro. Uno sprovveduto, un povero di senno hai sposato, Miriàm, uno che non vede a un palmo dal suo naso. Quando tre anni fa decise di lasciarci, di conoscere un po' il mondo, era un uomo completo. Ma come? Gli dissi: sono cose che fanno i ragazzi, andarsene alla ventura fischiando nella notte. Lui mi sorrise e per scherzo ha pure accennato a un fischio in aria. E mi ha abbracciato. Ero così sgomento che non ho risposto alla sua stretta. Sono rimasto fermo, scimunito di dolore.

MIRIÀM Trentadue Pasque insieme, bet e lamed, la prima e l'ultima lettera della scrittura sacra: era stabilito, Iosèf. Pure se l'ho saputo leggere quel segno, ho voluto distogliere il pensiero. Non dare retta ai numeri, dicevo a me stessa, non soffiare la brace dei presagi. Neanche io ho voluto sapere, Iosèf. E poi: era un uomo, integro di pensieri a volontà. Cosa potevamo fare e dire per tenercelo accanto?

IOSÈF Sono stato un padre zimbello, come poteva rispettarmi? Neppure una volta l'ho sgridato, non mi ha sentito alzare la voce su di lui. Mi incutevano soggezione i suoi occhi, mi facevano spostare i miei. Che padre può essere uno così? Solo tu gli reggevi lo sguardo. Restavo in disparte a vedere voi due che vi guardavate in silenzio, a parlarvi cogli occhi. Non ha avuto un padre, ha avuto un pupazzo.

MIRIÀM Non parliamo di noi adesso, ma di lui. Ti amava, Iosèf, ammirava la tua misura di stare nella vita come uno che chiede permesso ogni giorno. Aveva le doti migliori della tua gente. Davide tuo antenato era nato con la musica in testa già pronta. Ièshu è nato con la scrittura sacra saputa a menadito. Confondeva i sapienti, indicava loro un altro modo di intendere le più sapute cose.

IOSÈF Quelle discussioni con i sapienti non le capivo. Non ho studiato, sono ignorante. Una però l'ho capita, quella delle mani, forse perché con le mani ci lavoro. La nostra legge prescrive di lavarsi le mani prima di mettersi a tavola. Lui invece disse che non importava l'usanza, perché non è puro o impuro quello che entra nella bocca, tanto finisce poi nella discarica. Puro e impuro è quello che esce dalla bocca, quello che uno dice. Le parole che usiamo, quelle fanno una persona pura o impura. Ecco, questo suo pensiero l'ho capito. Però continuo a lavarmi le mani prima di mettermi a tavola con te.

MIRIÀM Io credo che il suo rifiuto di lavarle fosse un segnale. Voleva che qualcuno lo notasse per spiegare poi cosa è davvero puro e cosa è impuro. Era una persona concreta, aveva bisogno di esempi pratici per spiegare pensieri profondi. Questo significa volere bene al popolo, farsi capire da chiunque è in ascolto.

IOSÈF Quant'è figlio tuo Miriàm: lui le spiegava al popolo e tu le spieghi a me.

MIRIÀM Confondeva i sapienti ma pure i potenti. Quando salì sul monte a dire: "Lieti gli ultimi", annunciando che sarebbero stati i primi, ogni potere tremò. Voleva dire che loro, i primi, sarebbero stati messi all'ultimo posto. Lui vedeva nuovi mondi nelle profondità dell'avvenire, li descriveva pronti. Suscitava entusiasmo, speranza tra i calpestati. Lo seguivano a bocca e orecchie aperte. Entrava da lì la sua aria pura.

Una volta lo seguii per vederlo all'opera tra le persone. Me ne stavo in disparte, qualcuno mi riconobbe e lo avvisò che c'ero. Mi fece da lontano un sorriso e un cenno, la folla intorno a lui si mise da parte per farmi passare, ma lui non volle e se la tenne stretta intorno. Disse loro che in quel momento la sua famiglia erano loro, le persone che gli stavano accanto. "Voi siete mia madre e i miei fratelli," disse e mi sorrise come per scusarsi. Dava la precedenza al mondo, apparteneva a loro. Credi che potevamo trattenerlo?

IOSÈF No, amica mia, né desidero trattenermi io stesso. Con lui se ne va la mia vita. In questi tre anni ho portato avanti la bottega per lasciarla a lui che era più bravo di me. Ho aspettato la sua decisione di tornare ogni giorno di questi ultimi mille. Ora che non c'è nessun'ora da aggiungere all'attesa, chiudo e aspetto di raggiungerlo. Non vedo l'ora? Sì, la vedo, è pronta.

MIRIÀM Non ci commiseriamo, Iosèf, teniamo asciutti gli occhi. Noi siamo i genitori di un uomo valoroso. Non ci ha dato nipoti, il tuo nome s'interrompe con lui, ma con più forza di sigillo di qualunque discendenza. Sii fiero di chiudere il registro col suo nome. La sua morte ci separa. Io ho da vivere ancora, portare il suo ricordo a chi vorrà saperlo. La madre non dovrebbe vivere oltre i figli. Mi consola che lui non è venuto al mio letto di morte. Mi consola che non si è disperato bagnandomi le mani coi suoi occhi. Eccolo il nostro figlio benedetto, arrivato alla sua ultima rassomiglianza: addio alla sua faccia di nuvola. Vedi Iosèf, adesso la sua immagine è chiara: è un albero piantato sopra questa altura di Gerusalemme. Il suo tronco è nodoso, indurito dal vento, le braccia sono rami spalancati. In terra stende l'ombra, la traccia di una via.

Ricordi? Te lo dissi il giorno stesso.

Appendice

Ultime istruzioni

> Dichiarò loro in tutte le scritture le cose che erano su di lui. Cominciò dai libri di Mosè fino agli scritti dei profeti.
>
> (Lc 24,27).

Emmaus è un punto geografico che sta a metà in volo d'aria tra il Mare Morto e il mare vivo, il Mediterraneo. È una stazione intermedia, un buon posto per apparire in terra. La Resurrezione è un punto di passaggio.

Il Risorto è un viandante, non ha più casa in mezzo al mondo. Si è liberato a viva forza dalla morsa della morte, ma è un profugo in attesa di visto per il cielo. Non è il primo a risorgere, qualcun altro ha già visto la vita ritornare al corpo dopo il distacco della morte. Sono poi morti una seconda volta. La sua novità è la Resurrezione all'infinito. Ma prima di essere richiamato nel perfetto altrove d'altra vita, brulica di apparizioni, si manifesta ai suoi per spiegare loro la coerenza.

Nei suoi discorsi c'è stato potente il richiamo a Isaia, da lui citato come suo messaggero personale. Quando in Nazaret nel giorno di sabato nel tempio spetta a lui leggere ad alta voce dal libro, gli toccano i versi: "Vento di Adonai Iod sopra di me poiché ha unto Iod me per annunciare agli umili, ha mandato me per fasciare gli spezzati di cuore, per chiamare ai prigionieri libertà, agli incatenati spalancamento" (Is 61,1).

A commento della lettura afferma che quei versi avvisano la sua propria venuta e che in quel giorno di sabato si compie in Nazaret la profezia scritta secoli prima. Non pretende di essere creduto, la sua dichiarazione è solo inizio di missione e principio di esilio.

Viene dalla quarantena di purificazione nel deserto dove ha respinto il dono dell'onnipotenza offerto da Satana. Ha scelto per sé la rinuncia a ogni volontà di potenza. La libera comunità che lo seguirà nel cammino sarà senza gerarchie, né ranghi, una classe mista di donne e uomini, anziani con giovani, benestanti con miseri. Gesù ha davanti a sé anni veloci e intensi di pellegrinaggio zingaro su e giù per quella terra promessa al suo popolo e poi sottomessa al dominio romano. "Date a Cesare quello che è di Cesare," dirà a chi tenta di comprometterlo davanti al potere politico.

E cos'è questo che spetta a Cesare?

Un suo profilo inciso su una faccia di moneta, che il tempo metterà fuori corso e che al massimo potrà avere un valore numismatico, da collezionisti di reliquie di un potere d'acquisto scaduto. Date a Cesare, sì, che si contenti del suo potere effimero, del rango di immortale da operetta, buono per una faccia di moneta. La volontà di Gesù è di fare senza il potere, senza la potenza: volontà di impotenza politica, niente partito, niente setta, né insurrezione contro l'occupante romano.

Spesso dorme all'aperto, fuori dai villaggi, è ovunque un ospite. Non dovunque è ascoltato: Corazin, Betsaida, in Galilea, sono tappe di fallimenti. Il suo cammino incontra spine anche prima dell'ultima Pasqua.

Va sulle piste prescritte da Isaia: "Una voce chiama: nel deserto spianate via di Iod/Dio, tracciate nella steppa un sentiero per il nostro Elohìm" (40,3).

Certo, la sua parola passa nelle vastità vuote, non nel chiasso di folle di città. Quella voce che chiama, esige spazio di silenzio intorno.

Da risorto si unisce ai due viandanti che si allontanano a grandi passi da Gerusalemme e dalla sua pasqua di sangue. Ai viandanti diretti a occidente racconta e spiega la Scrittura, da Mosè in poi, quella che si è incarnata in lui.

È bello che il loro cammino sia a piedi, si compia sui passi, perché anche la scrittura sacra è formata da passi. Chi va a piedi è nella posizione giusta per intenderla e percorrerla.

Nel deserto di Sinai fu spianato il viaggio del popolo nei quarant'anni di isolamento sotto manna e stelle, sotto sferza di vento e di arsure. Per guida un tappeto di nuvole di giorno e una colonna di fuoco di notte, spinti a uno zigzag esasperante che differiva sempre la stazione finale: in quella immensità si scatena l'incontro, si fissa alleanza su tavole di pietra. Gesù, nei suoi quaranta giorni di deserto, ha ricalcato gli anni di avviamento del suo popolo al servizio sacro. Così quella scrittura afferra per la collottola i suoi cuccioli e li sbatte dove vuole. Essa ha bisogno di avverarsi, incarnarsi. Le mosse di Mosè, le profezie di Isaia infine impugnano una vita e la usano a dimostrazione.

Libertà per Gesù fu quella di eseguire, di stare nella traccia battuta dalla voce che chiama: "Nel deserto spianate via di Iod/Dio".

Che fine fa allora la libertà? La più alta è quella che sceglie di obbedire, che non è farsi automi di una procedura ma inventare l'obbedienza giorno dietro giorno. Lo scriverà Paolo alla sua maniera brusca: "O non sapete che [...] non appartenete a voi stessi? Poiché siete stati comprati a caro prezzo" (1Cor 6,19 e 20).

I viandanti ascoltano l'uomo che si è aggiunto a loro e che non riconoscono. Cosa glielo impedisce? Il diverso aspetto. Quando a qualcuno viene il pensiero randagio di una propria resurrezione, immagina di ritornare identico a riabbracciare i rimasti in vita. Si figura di rientrare nel mondo tale e quale a prima, reintegrato in se stesso. Gesù riappare in altro corpo e in altra voce da non poterlo riconoscere, abbracciare al volo. I due in Emmaus si accorgeranno di lui solo nel dettaglio di un gesto, l'atto di spezzare il pane e farne parti. Doveva essere speciale quel suo modo di trattare il cibo. Del resto fu il solo a dire che quel pane era carne sua, da dare in pasto ai suoi. Ma fino a quel punto di rivelazione Gesù resta sconosciuto ai due viandanti. Eppure ha fatto con loro la cosa consueta e preferita: andare a piedi e spiegare la scrittura sacra.

Per un ebreo è storia dell'infanzia, una risalita agli antenati. Per chi non viene da quella radice è storia divina, ma per Gesù e per quelli che l'ascoltano sono anche racconti di famiglia. Non è lui quel nipotino ultimo di Davide? Non è così che inizierà il Vangelo di Matteo, con l'elenco dei padri, nonni ecc. da Abramo fino a Lui? Per Gesù e per gli ebrei, quella scrittura sacra è storia di parenti.

I viandanti ascoltano con doppia curiosità le spiegazioni di Gesù, da Mosè in poi. I passi del cammino si accompagnano ai passi commentati, perché anche quelli sono via battuta. Dura un giorno, fino alla casupola in Emmaus la narrazione del terzo viandante.

Solo poco prima era terzo tra due sopra un patibolo, ultimo a morire.

Cosa racconta agli agili camminatori a fianco? Di un paio di frasi sue non ha fatto in tempo a dare spiegazioni.

Era agli ultimi respiri e il corpo, finalmente, stava cedendo. Secondo Luca l'ultima frase fu: "Nella tua mano sto per affidare il mio vento". È una citazione dal salmo 31. È semplicemente grandioso che anche in punto di morte abbia conservato l'integrità di pensiero e la volontà di lasciare detto. Dalla gola riarsa spiccica versi di Davide. "Nella tua mano sto per affidare il mio vento": è un atto di restituzione. Ecco, la vita è stata questo dono di vento.

Non appartiene a noi neanche il respiro, che è un soffio spinto da fuori che s'infila, poi esce come fa il vento dentro una miniera.

Il neonato spunta dal grembo coi polmoni chiusi e il primo fiato viene da fuori a forzare gli alveoli, aprendoli, asciugando e scatenando il pianto del primo spalancamento. Viene da fuori il vento, da quel primo respiro, ed è restituito con l'ultimo. Davide, e Gesù con lui, lo dichiara affidato di nuovo alla mano che viene a raccoglierlo. C'è una mano nella morte di ognuno, che viene a raccogliere il vento.

L'altra frase che non ha potuto spiegare è: "Eloi Eloi lama sabactani", mio El (abbreviativo di Elohìm), mio El, a cosa mi hai abbandonato, variante aramaica del verso del salmo 22: "Eli, Eli, lama azavtani". L'ultima sua frase non è la protesta di chi si sente perduto, ma l'estrema volontà di coincidere con la scrittura sacra. Chiama i suoi a leggere il salmo 22 e a farne riscontro con la sua morte.

Là troveranno scritto: "Tutti quelli che mi vedono mi derideranno, spalancano le labbra e scuotono la testa" (verso 8). Non è andata così? Non lo hanno irriso, non gli hanno messo in testa una corona di rovi e sulla croce romana gli hanno scritto: re dei giudei?

E poi leggeranno: "È secco come terracotta il mio palato e la lingua si sta attaccando alla mascella" (verso 16). Quello che provò Davide, lui sì re dei giudei, Gesù lo ripete fino al dettaglio dell'arsura in gola. Lui riceve quel salmo in eredità fisica, ribadito per destino, accolto a braccia aperte.

E leggeranno ancora: "Hanno ferito le mie mani e i miei piedi" (verso 17): ecco le prove a testimonianza, quei chiodi ribattuti nella carne sono anche scrittura, lettere di un salmo di Davide conficcate nella sua discendenza.

E ancora troveranno scritto: "Stanno spartendosi i miei panni tra loro e sopra il mio vestito stanno tirando a sorte" (verso 19). Guardate come anche loro, gli sbirri stranieri dell'esecuzione, obbediscono ignari alla scrittura. Essi sono automi di una volontà che aveva già visto e prescritto tutto. Questa è la spiegazione di Gesù in cammino con i due verso Emmaus. Con l'ultima energia di fiato, l'ultimo vento entrato nel suo petto schiacciato dalla postura crocifissa, ha rimesso la sua vita dentro le pagine della scrittura sacra.

La chiude là dentro perché chiunque l'apra, la ritrovi.

I due di Emmaus hanno ascoltato l'ultimo insegnamento.

Essi sono recipienti colmi che si travaseranno a loro volta dentro una scrittura. Perché lì, in quelle pagine, quella storia continua.

Il discorso

Nato a Bet Lèhem nella terra assegnata all'antenato Giuda, era però del Nord, di Galilea. Fu lì che cominciò a liberare i corpi dalle infermità.

Fu sulle rive del lago dai molti nomi, Kinneret, Tiberiade, Gennesaret, che reclutò i suoi, tra quelli che sapevano gettare reti sull'acqua e ricucirle in terra. I pescatori vanno sopra le onde dove più incerto è l'equilibrio in piedi. Erano adatti all'avventura di spargere l'ultima notizia.

In Galilea si propagò il suo nome e la leggenda delle guarigioni. La fama viaggia alla velocità della voce. Più lontano va, più s'ingrandisce.

È torrentizia, trascina nella rapida anche il fango. La fama è una specie di diffamazione. Lui si limitava a dire di cambiare vita, ma lo fraintendevano: facile per un cieco cambiarla dopo aver acquistato la vista.

Ovvia, per il lebbroso e lo zoppo risanato, un'altra vita da rinnovare. La fama cresceva insieme all'equivoco. Sentì che era tempo di sospendere il fare, per cominciare a dire.

Sanava le ferite degli altri, delle sue non si sa. Quelle aperte sul legno della croce non si sono più rimarginate. Accorrevano a lui gli ammaccati e i sani, spesso più ansiosi degli infermi. Chiedevano soccorso, ne fu subissato.

Immenso è il bisogno di sollievo della specie umana. Era il momento di spiegarsi, chiudere le mani nelle tasche e dare al fiato e al vento la sua notizia intera. La terra d'Israele era usurpata: invasori venuti d'oltremare, da Roma, l'avevano occupata. Sopra il tempio santo di Gerusalemme, dimora del Dio Unico e Solo, avevano piazzato il faccione rotondo di Giove Iuppiter. Lui non disse una parola circa il tempo, il tempio e varia attualità.

Intorno a lui, scrive Matteo, si radunò una folla che tracimava da ogni parte. Avesse voluto, in quel momento poteva farne schiera da scagliare in rivolta contro l'occupazione.

Non disse una parola sull'occupazione, le tasse, la profanazione. Le spie disseminate nella folla non avrebbero saputo cosa riferire di piccante e sospetto circa l'assembramento. Non avrebbero osato riferire il silenzio fitto e senza vento, dopo che tutti si erano seduti per l'ascolto. Per farsi udire e scorgere salì sopra un'altura. Che monte fosse, Matteo non dice, così oggi c'è un mercatino in meno nel bazar della terra santa. Manca un cartello turistico che addita: "Montagna del discorso".

Si mise sopra l'ultima pietra, dove la terra smette di salire e inizia il Cielo. Il vento si abbassò, quando lui si fermò in piedi. L'acustica perfetta, il sole tiepido, la Galilea era un solco aperto per accogliere il seme del discorso. Nessuno scriba prendeva appunti. Erano i tempi in cui le parole si incidevano a caldo nella membrana del ricordo, nel fondo delle orecchie.

"Beati", fu la prima parola secondo la tradizione. Si addiceva all'ora e ai sentimenti della folla, che ha piacere di trovarsi unita, folta e in piena sicurezza. "Beati": traduciamo così la parola ebraica "ashré", con cui comincia, il libro Tehillìm, Salmi per noi.

Esordì col principio dei salmi, molti dei quali portano la firma dell'antenato Davide. Lui, discendente, ne continuava l'opera, sempre gradita alla divinità che a Davide chiedeva spesso un canto nuovo.

Più che "beato", la parola "ashré" significa "lieto", al singolare. "Lieto l'uomo che non è andato nell'assemblea degli empi," dice il primo verso dei salmi. La letizia è gioia più fisica e concreta della spirituale beatitudine.

Lieto, come un risanato che assapora il ritorno delle forze.

Dopo la prima parola ci si aspettava che proseguisse con il resto del salmo 1. Ma il seguito fu un canto nuovo. "Lieto il povero di spirito." Anche qui c'è differenza dall'ebraico "shefàl rùah", abbattuto di vento.

E un'espressione di Isaia. Indica chi è così prostrato da essere piegato a terra, con il vento del fiato che scarseggia.

Abbattuto di vento, boccheggiante con lo sterno al suolo, le labbra all'altezza dei sandali degli altri.

La folla di quel tempo conosceva a memoria le scritture, come oggi i fan di un cantante le sue strofe. Conoscevano bene l'espressione cara a Isaia. Di solito non si stupivano delle citazioni prese dal libro sacro.

A quel tempo, ogni contemporaneo in terra d'Israele sapeva di trovarsi dentro un presente destinato al sacro.

La loro epoca era scritta con lettere antiche. Il verso di Isaia diceva: "Alto e santo risiederò e sono con il calpestato e l'abbattuto di vento per far vivere vento di abbattuti e far vivere cuore di calpestati" (Is 57,15).

Un brivido veloce passò dentro l'ascolto. L'uomo stava dritto in piedi sul punto più alto dell'orizzonte, proprio come "Alto e santo risiederò" del verso di Isaia in cui è la divinità a parlare. Quell'uomo rasentava l'usurpazione, si era messo al posto di quelle parole.

Un brivido passò veloce tra chi era in grado di intendere, ma subito fu superato dall'annuncio:

"Sono con il calpestato e l'abbattuto di vento".

Lieto l'abbattuto di vento, insieme al calpestato in cuore, che non è il polo positivo di quello negativo, ma un fiume contrapposto a una palude: come poteva essere lieto? Lieto perché il verso di Isaia dice che la divinità sta con loro. Nominava vento e cuore, cioè fiato e sangue, quello che lui veniva a risanare. Riscattava i corpi e le anime in fiamme dei più mortificati al mondo.

Si era guadagnato credito presso la folla dei risanati, ma quello era solo un acconto dell'infermità che era venuto a guarire.

L'uomo in piedi sull'altura si era schierato, stava con l'abbattuto di vento, con lo "shefàl rùah". La traduzione nostra, poveri di spirito, perde per strada il carico prezioso di Isaia, profeta caro all'uomo sull'altura. Gli accatastati intorno a lui sulle pietre del grandioso teatro all'aperto raccolsero al volo il senso che correva dentro quell'annuncio.

Era la più nuova sovversione, dava presso Dio la precedenza ai calpestati, alzava loro al rango di prescelti.

Proclamava i vinti, retrocedeva gli altri. Ai vinti, ai senza niente apparteneva il regno. Niente di più insidioso era arrivato prima alle orecchie di chi aveva invece poco o molto da perdere. Menavano vanto della supremazia terrena spacciandola per favore divino. Nessuna rivolta era arrivata a questo grado di azzeramento dei ranghi. Quello che è dato per scontato in terra, il potere di pochi sugli innumerevoli, veniva così spedito gambe all'aria, il suo diritto di autorità e di onore era abolito.

Quando i primi diventano gli abbattuti di vento non esiste più il potere e il suo diritto.

Era un annuncio che riscaldava il cuore senza armarlo d'ira e di rivolta. Non valeva più la pena, non aveva più senso contrastare la potenza fasulla, priva di fondamento in cielo e perciò parassita in terra. Date a Cesare tutti i suoi simboli di grandezza, sono solo gingilli per bambini.

La folla spalancò anche gli occhi nell'ascolto: un altro mondo si sovrapponeva a quello presente. I miseri sorrisero, i ceti medi sospirarono, tremarono i pochi signori di fronte al sollievo dei servi. Il mondo avvistato dall'uomo in cima alla salita era alla portata dei sensi.

Non era un aldilà, ma il qui presente, scortato da parole antiche, sacre, che avevano premura di compiersi.

Iniziò così, con tre parole, a scuotere le fondamenta del cielo e della terra. Fu il più lungo discorso dell'uomo nuovo d'Israele.

Dal Nord di Galilea doveva penetrare nel Sud della Giudea, proseguire le frasi fino a terminarle sopra una spellata altura di Gerusalemme. Dimostrava senz'armi il sovvertimento delle gerarchie e delle potenze.

Si sarebbero vendicate di lui togliendogli il fiato a trent'anni, ma niente potevano per ammutolire le parole dette sopra un cocuzzolo non identificato: "Lieto l'abbattuto di vento".

Dalla cima di una salita si vedono le cose lontane.

Non che ci si avvicini al cielo, come pure pretendeva la torre piantata in Babele. Perché da qualunque altezza, pure dalla sommità dell'Everest (Sagarmatha, Chomolungma, anch'esso luogo di molti nomi), il cielo resta remoto e irraggiungibile.

Dalla sommità di una salita si sta solo distanti dalla terra, raggiungendo il suo ultimo gradino. Da quel punto di allontanamento dal chiasso e dal folto della pianura, era possibile scrutare oltre il lontano e accogliere l'annuncio delle letizie nuove.

Ma poi si doveva scendere, rientrare nelle classi: l'ora d'aria pura era finita. Laggiù nel fondovalle il potere avrebbe continuato a imperversare. Allora tutto uguale? Invece no, da quel momento in poi qualunque folla e qualunque persona sapeva di avere ascoltato il discorso della montagna e poteva voltarsi verso quella cima col fiato abbattuto di vento, il cuore calpestato.

Per molto o per poco potrà ristorarsi e risanarsi presso quelle parole che non daranno tregua al mondo finché non saranno compiute.

Dayènu, ci basta.
Sul colle Getsemani

La notte prima di costituirsi al suo destino salì su una collina. Oggi neanche un ramoscello, ma ai suoi tempi c'era un oliveto e un frantoio. L'ulivo mette pace nei pensieri, muove poco i rami, lascia filtrare le stelle. Salì, non da solo. Ci sono ore di baratro in cui una persona chiede una compagnia. Li voleva nei paraggi, quei tre di scorta, nel buio di una notte carica dell'agguato futuro.

In solitudine pregò di essere risparmiato. In solitudine accolse tutt'altra volontà. "Insegnami a fare la tua volontà," chiede il suo antenato Davide in un salmo (143,10). La faccia rivolta all'insù oltre i rami e le costellazioni, sapeva di essere destinato al raccolto.

La sera aveva celebrato Pasqua, la festa di libertà e di uscita a testa alta dai lavori forzati dell'Egitto. Per lui era la festa opposta, di consegna del corpo ai poteri ostili che lo braccavano da tempo. Sul colle di Getsemani lui era una persona agli sgoccioli della libertà.

Era una persona fuori tempo, come succede ai profeti, agli inventori, agli esploratori. Era un riassunto di quelli e di quanto di meglio produce la specie dell'Adam. Forzava la frontiera del possibile e del presente.

Intorno aveva occupazione militare romana della sua terra e governo suddito. Altri scontenti praticavano la resistenza della lotta armata, degli agguati contro l'invasore, lui volle inventare la forza inerme di tutt'altra opposizione. Non la rivoluzione delle armi, ma il rivolgimento interiore che sabota l'odio con l'amore. Se ami il tuo nemico gli smonti il meccanismo e puoi convertire la malora in buon'ora.

In tempi di oppressione la sua parola di sollievo scuoteva i poteri costituiti. Il suo discorso dalla montagna, sugli ultimi al posto dei primi, gli aveva attirato il rancore di chi non vuole cedere un pollice del suo vantaggio e del suo privilegio.

Ora stava tra gli ulivi e trasudava, stretto tra il desiderio di vivere ancora e l'altra volontà. Ancóra: fino all'ultima sillaba di vita e caloria, sentiva i colpi del suo cuore che batteva ancóra, ancóra, ancóra. In ebraico sono simili ai battiti: od, od, od. E invece dover smettere carne e ossa, per dare peso a quelle sue parole di altro mondo, da fare in terra, da affidare ai suoi, che neanche erano riusciti a vegliare per un'ora con lui. Sì, la sua vita era d'ingombro a quelle parole pronunciate. Non c'era altro da aggiungere e niente da togliere.

La sera coi suoi aveva cantato il "dayènu", ci basta. Con quelle strofe ringraziavano la divinità per tutte le opere di liberazione dall'Egitto. A ognuno di quegli interventi il coro rispondeva: "dayènu", ci basta. E ora perché non riusciva a dire il suo "mi basta"? Era pronto a dirlo ma esitava, pronunciare il "mi basta" era il punto di non ritorno. Non c'era nessun testimone, ma è certo che inghiottì saliva e poi lo disse.

I suoi tre di scorta non ce la fecero a seguirlo alla frontiera dove si era spinto, al vestibolo dove il corpo si sveste della vita come di un mantello. La sua faccia di quella notte nessuno l'ha vista, i suoi testimoni chiusero palpebre pesanti. Le prime luci del giorno denunciarono i suoi lineamenti ai gendarmi, truppa docile a qualunque comando.

Indice

9 Premessa

15 *Stanza della capanna*

33 *Stanza in Gerusalemme*

59 *Sulla cima del Golgota*

67 Appendice